Analyse d'œuvre

Rédigée par Karolin Brohee

La Vie devant soi

d'Émile Ajar/Romain Gary

Profil Littéraire

ROMAIN GARY/ÉMILE AJAR

- Né en 1914 à Vilna (aujourd'hui Vilnius, en Pologne).
- Mort en 1980 à Paris.
- **Quelques-unes de ses œuvres :**
  - *Éducation européenne* (roman, 1945)
  - *Les Racines du ciel* (roman, 1956)
  - *Vie et mort d'Émile Ajar* (roman, 1981)

Il est né Roman Kacew et a donné la mort à Romain Gary. Le soir du 2 décembre 1980, Paris et ses critiques l'ignorent encore, mais Émile Ajar a lui aussi perdu la vie. Aujourd'hui, certains affirment qu'il est l'un des derniers grands écrivains de ce siècle ; ceux-là mêmes qui ne l'avaient jamais reconnu sous les noms Émile Ajar, Fosco Sinibaldi et Shatan Bogat. Ainsi, la première chose à savoir, c'est qu'un Gary peut en cacher un autre... Et c'est d'ailleurs tout le problème : cette démultiplication brouille les cartes et obscurcit l'image d'un homme qui a choisi de faire de son existence une épopée romanesque.

> « La vérité est que j'ai été très profondément atteint par la plus vieille tentation protéenne de l'homme : celle de la multiplicité [...] Je me suis toujours été un autre. » (*Œuvres complètes de Romain Gary*, Paris, Mercure de France, p. VIII-IX)

Frondeur du XXᵉ siècle opposé à toutes les formes d'étiquetage, Gary envisage la création comme une façon de sortir de lui-même. Aussi l'auteur ne rentre-t-il dans aucune catégorie, aucun genre pré-établi. Véritable caméléon de la plume, Gary revendique de façon exacerbée cette marginalité et défie toute idéologie qui prétend systématiser la compréhension du monde, de l'humain et de la lit-térature. Son œuvre littéraire (de même que sa carrière diplomatique) est marquée par un refus opiniâtre de céder face à la médiocrité humaine : ses personnages oscillent entre la souffrance de voir le monde abîmé et la lutte pour garder l'espérance.

Très vite, Romain Gary est célébré comme l'auteur de quelques romans à succès : *Éducation européenne* (considéré comme « la bible » de la Résistance), *Les Racines du ciel*, *La Promesse de l'aube* (1960) et, 15 ans plus tard, *La Vie devant soi*. Malraux (dont il incarne à la fois le rival et l'admirateur), Camus, Hugo et d'autres vont tour à tour influencer Romain Gary. À tel point qu'il est difficile pour ses contemporains d'identifier un ensemble cohérent et d'offrir des pistes de lecture à son œuvre. Néanmoins, la littérature scientifique est unanime : on ne peut comprendre et mesurer l'œuvre de Romain Gary sans replonger dans la biographie de Roman Kacew. C'est elle qui déterminera l'écriture des doubles littéraires et qui donnera un sens à son travail de création.

LA VIE DEVANT SOI

- **Genre :** autofiction.
- **1ʳᵉ édition :** en 1975.
- **Édition de référence :** *La Vie devant soi*, Paris, Mercure de France, 1975.
- **Personnages principaux :**
  - Momo, jeune garçon âgé de 10 ans, fils d'une prostituée et pensionnaire de Madame Rosa.
  - Madame Rosa, ancienne prostituée et rescapée d'Auschwitz. Gardienne d'enfants chargée de leur éducation.
  - Monsieur Hamil, ancien vendeur de tapis.
  - Madame Lola, ancien boxeur sénégalais devenu prostituée.
  - Monsieur N'Da Amédée, proxénète.
- **Thématiques principales :** l'identité, l'amour, la peur de la mort, l'angoisse de la solitude, la vieillesse, la relation mère-enfant, la Shoah.

En 1975, Émile Ajar signe son second roman, intitulé *La Vie devant soi*. Cet auteur que le public connaît à peine séduit la critique et attise la curiosité du Tout-Paris. À travers la vie quotidienne de Momo et de Madame Rosa, l'auteur aborde des thèmes tels que l'angoisse de la solitude, la peur de la mort, l'amour tendre et profond entre un petit garçon et la mère qu'il s'est choisi.

Après des mois de mystère, Émile Ajar se fait connaître : son vrai nom est Paul Pavlowitch, le cousin du turbulent et dépassé Romain Gary. Il est loué pour la justesse de ses mots et la tendresse de son écriture. Son talent est d'ailleurs récompensé du prix Goncourt, qu'il refuse pourtant. En 1980, Romain Gary met fin à ses jours. Un an plus tard, Paul Pavlowitch sort de son silence et avoue n'avoir jamais écrit un seul mot sous le nom d'Émile Ajar. La vraie plume qui se cachait derrière ce pseudonyme n'était autre que celle d'un des plus talentueux auteurs du XXᵉ siècle : Romain Gary lui-même.

LA VIE DE ROMAIN GARY

UN AMOUR INCONDITIONNEL POUR LA FRANCE

Roman Kacew naît un beau jour de mai 1914, à Vilna, un haut lieu du judaïsme situé en Pologne surnommé pour cette raison la Jérusalem de Lituanie, alors sous domination russe. Sa mère se dit comédienne et amoureuse de la France. En effet, comme beaucoup de citoyens de l'Empire russe de cette époque, Mina Kacew (1879-1941) est convaincue qu'un pays qui innocente le capitaine Dreyfus est forcément bon. Le père de l'écrivain, Arieh-Leïb Kacew (1883-1942), est négociant en fourrures. En 1925, après avoir pris les armes lors de la Première Guerre mondiale (1914-1918), il quitte le domicile conjugal pour refaire sa vie avec une autre femme. Il mourra de peur en 1943, juste avant d'entrer dans une chambre à gaz.

Roman et sa mère connaissent alors une existence d'errance, de Vilna à Varsovie. Malgré les problèmes financiers, Mina éduque seule son fils et lui inculque son amour de la France, ce pays éclairé, cette terre promise de culture et de liberté, l'asile des arts et de tous les poètes. Le petit Roman est bientôt investi par sa mère d'une mission : incarner ce pays qu'elle aime autant qu'elle en rêve.

En 1928, fuyant les pogroms et le communisme, le rêve devient réalité : Roman et Mina s'installent à Nice. Roman devient Romain, et commence ses études au lycée municipal, pendant que sa mère parcourt les grands hôtels de la Riviera dans l'espoir de vendre des bijoux confiés par les antiquaires niçois. Elle finit par prendre la direction de l'hôtel Mermonts, qu'elle gère d'une main de fer dans un gant de velours jusqu'à la fin de sa vie. Romain décroche son bac en 1933 et poursuit ses études à Aix-en-Provence puis à Paris, en droit. Il est naturalisé français deux ans plus tard.

Une fois sa licence en poche, Romain est appelé à faire son service militaire et sert dans l'aviation. Incorporé à Salon-de-Provence en novembre 1938, il est élève observateur à l'école de l'air d'Avord. Le 1er avril 1939, il est breveté mitrailleur, comme 300 autres élèves. En revanche, il est le seul à ne pas être nommé officier, en raison de ses origines étrangères. Dans la débâcle de 1940, lors de l'appel du 18 juin, c'est autant à la voix de sa mère qu'à celle du général de Gaulle (1890-1970) que le sergent Kacew répond sans hésiter. Il décide de rallier les Forces aériennes françaises libres. Après avoir atterri à Alger, il séjourne à Meknès et à Casablanca, juste le temps de trouver un cargo britannique. Le 22 juillet 1940, il débarque à Glasgow et commence sa carrière militaire sous le nom de Romain Gary. C'est son expérience de la guerre qui nourrit les ébauches d'*Éducation européenne*, son premier roman à succès.

LE TEMPS DES SUCCÈS LITTÉRAIRES

Quatre ans plus tard, à Londres, Gary fait la connaissance de Lesley Blanch, une journaliste du magazine *Vogue*. Ils se marient un an plus tard. Démobilisé en 1945, il entre au Quai d'Orsay en décembre 1945 et commence une carrière diplomatique et littéraire. D'abord secrétaire d'ambassade, il reçoit pendant quinze ans sept affectations, de Sofia à Los Angeles, où il occupe le poste de consul général de France de 1958 à 1960.

Son premier roman, *Éducation européenne*, est publié en 1945 chez Calmann-Lévy. Le succès est rapidement au rendez-vous et il reçoit le prix des Critiques. Malraux (écrivain et homme politique français, 1901-1976), Camus (écrivain français, 1913-1960), Aragon (écrivain français, 1897-1982) ou encore Kessel (écrivain et journaliste français, 1898-1979) perçoivent en lui la fibre d'un grand écrivain. Trois ans plus tard, Gallimard publie *Le Grand Vestiaire*. Éditeur et écrivain deviennent bientôt amis, puis le premier devient le confident « paternel » d'un auteur habité par l'angoisse.

En 1952, Romain Gary devient secrétaire à la délégation française auprès des Nations unies à New York, et publie *Les Couleurs du jour*. Il quitte ensuite New York pour la Californie où il est nommé consul général de France jusqu'en 1961.

En 1956, il publie *Les Racines du ciel*. D'abord étonné par son succès, Gary se dit ensuite flatté et ravi que, dans une époque de troubles, un livre suscite encore autant d'émoi. Il est à La Paz lorsqu'il apprend que son livre a remporté le Goncourt : il saute aussitôt dans un avion pour recevoir son prix.

À LA VIE, À LA MORT

En 1960, Gary publie *La Promesse de l'aube* dans lequel il décrit son parcours et dépeint sa mère. Cette année-là, Romain Gary et Jean Seberg (actrice américaine, 1938-1970) se rencontrent pour la première fois lors d'un dîner donné à l'ambassade. Jean est mariée depuis presque deux ans avec François Moreuil (né en 1934). Ce soir-là, vêtue d'une robe de soie bleu nuit signée Hubert de Givenchy, Jean est somptueuse, et l'auteur français ne peut détacher ses yeux d'elle.

Jean Seberg et Romain Gary ne se quitteront plus. Alors que l'un et l'autre règlent leur divorce, le couple sulfureux s'installe à Majorque puis à Paris, au n° 108 de la rue du Bac. Alexandre Diego naît en octobre 1963. Pendant ce temps, Gary n'en finit pas d'écrire, notamment en anglais. Il publie *Adieu Gary Cooper*, puis *La Danse de Gengis Cohn*. Après quelques années passées à écrire et à réaliser deux films, Garry occupe le poste de chargé de mission au ministère de l'Information pendant 18 mois (1967).

Où qu'il aille, Romain Gary ne peut passer inaperçu. Dans les rues de Paris, il conduit une berline Jaguar bleue. Son accoutrement est souvent théâtral : ponchos boliviens, costumes taillés sur mesure, lin blanc, treillis militaires, peignoirs et cravates par centaine. Il est mystique et surprenant, surtout quand il se rend aux funérailles du général de Gaulle, revêtu de son vieux blouson de pilote qui dévoile toutes ses médailles, dont la prestigieuse Légion d'honneur.

En 1970, Jean et lui sont séparés depuis deux ans, mais ils vivent toujours dans la même rue : leur appartement est séparé en deux, tout simplement.

En 1973, Romain Gary signe *Europa* et *Les Enchanteurs*, tandis qu'Émile Ajar publie son premier roman intitulé *Gros-Câlin*, un roman sur l'angoisse de la solitude. Ce livre, Gary l'a d'abord écrit à la main, avant de demander à son secrétaire de le taper à la machine, pendant que lui-même le recopiait au propre, à l'encre bleue, dans quatre gros registres noirs de comptable. Il tenait à l'authenticité de sa création. C'est ainsi que, méthodiquement, il procédera pour chacun des quatre romans signés Émile Ajar. Deux ans plus tard, *La Vie devant soi* remporte le prix Goncourt, faisant de Gary le seul écrivain à avoir remporté à deux reprises le prestigieux prix.

En 1979, Jean Seberg est retrouvée morte. Gary convoque une conférence de presse chez lui et accuse le FBI d'avoir provoqué la mort de son ex-femme en raison des liens qu'elle entretenait avec le mouvement des Black Panthers (mouvement révolutionnaire afro-américain). Un an plus tard, il met lui-même fin à ses jours.

RÉSUMÉ DE *LA VIE DEVANT SOI*

LE QUARTIER DE BELLEVILLE

Si Romain Gary devait être un quartier de Paris, il serait Belleville. Dans ce quartier de l'Est parisien, l'identité est, à l'image de celle de l'auteur, multiple.

Les premiers immigrés à s'installer à Belleville pendant l'entre-deux-guerres sont arméniens, grecs et juifs. Bientôt, le quartier est qualifié de « quartier juif » et l'on voit s'y développer une vie communautaire en yiddish. Il est peuplé de jeunes enfants et d'hommes à casquette qui animent la rue de leurs conversations. Mais, en 1941, la communauté juive de Belleville est victime des rafles et des déportations instaurées par le régime nazi, dont la tragique rafle du Vel' d'Hiv de juillet 1942 restera emblématique. Après la guerre, les juifs algériens et tunisiens s'installent dans les rues de Belleville et deviennent, à leur tour, majoritaires.

LA RAFLE DU VEL' D'HIV

Du 16 au 17 juillet 1942, à la demande d'Adolf Eichmann (haut fonctionnaire nazi allemand, 1906-1962), la police française de Vichy procède à une arrestation massive de juifs étrangers. Si à l'époque les rafles sont quotidiennes, celle-ci est toutefois différente : 3 031 hommes sont arrêtés, mais aussi – et c'est la première fois – 5 802 femmes et 4 501 enfants. Au total, ce ne sont pas moins de 12 884 juifs qui sont emmenés et parqués dans le vélodrome d'hiver, une piste de course de vélo couverte située dans le 15e arrondissement. Hommes, femmes et enfants sont séquestrés : les cris et les pleurs, la scarlatine, les accouchements, mais aussi les suicides... rien ne fera fléchir les policiers français. Six jours plus tard, les survivants sont emmenés dans des camps de travail puis à Auschwitz pour y être exterminés.

L'opération appelée « Vent printanier » constitue la première étape de la solution finale, le programme d'anéantissement des juifs européens imaginé par le régime nazi. Toutefois, dans la nuit du 16 au 17 juillet, les SS sont étrangement absents de la capitale : la rafle du Vel' d'Hiv fut entièrement orchestrée par des policiers français. En 1995, Jacques Chirac (homme d'État français, né en 1932) est le premier à reconnaître la complicité de l'appareil étatique français dans la persécution des juifs.

UNE GARDIENNE D'ENFANTS HORS DU COMMUN

En 1970, il existe bien des manières de se défendre dans les rues de Belleville. Madame Rosa a choisi de « se défendre avec son cul » (p. 12). Puis, estimant que son âge ne lui permettait plus ce genre d'activités, elle s'est autoproclamée nounou des enfants des prostituées. Grâce à ses connaissances dans le milieu, elle s'est vu confier les jeunes enfants de ses anciennes collègues moyennant un « mandat ».

Autrefois belle brune à la taille de guêpe et aux yeux verts, Madame Rosa est devenue obèse. Outre un dysfonctionnement général de ses organes, elle respire très mal, ce qui rend la montée des six étages de l'immeuble où elle habite assez laborieuse. Faite prisonnière par les Allemands durant la rafle du Vel' d'Hiv, elle a survécu à Auschwitz et conserve depuis lors un portrait d'Adolf Hitler sous son lit, comme pour se rappeler ce qu'est réellement la peur. Madame Rosa vit dans l'angoisse au quotidien, sans pour autant qu'il y ait de véritables raisons à cela.

Parmi les enfants dont elle a la garde se trouve Momo, un jeune garçon âgé de dix ans. En tant que plus ancien pensionnaire de Madame Rosa, c'est lui qui est responsable de sa fratrie temporaire, actuellement composée de Banania, de Moïse, du Vietnamien et d'autres encore. Pour Momo, l'âge ne veut pas dire grand-chose : trop vieux pour les bancs de l'école, ce sont les rues de Paris qui lui apprennent tout ce qu'il doit savoir. Monsieur Hamil, un ancien marchand de tapis, se charge de son éducation religieuse et littéraire à travers la lecture du Coran et de Victor Hugo (écrivain français, 1802-1885).

UNE LEÇON DE TENDRESSE

Après de longues années de questionnement sur son identité et l'existence de ses parents, Momo apprend que sa maman était une prostituée consciencieuse et dévouée corps et âme à son travail. Son père était quant à lui « proxynète » (p. 42). Il finira par tuer la mère de Momo, dans un accès de violence. Enfermé pendant dix ans, il se rend à sa sortie de prison chez Madame Rosa. Il ne quittera pas les lieux vivant, victime du choc d'apprendre que son fils musulman de naissance aurait été élevé selon la tradition juive.

Au cours d'une conversation, Momo apprend qu'il a en réalité 14 ans, alors qu'il pensait n'en avoir que 10, comme Madame Rosa le lui faisait croire afin de retarder le plus possible le moment de son départ. Avec quatre ans de plus, Momo se sent bien plus mature. Il réfléchit à la tournure qu'il veut donner à sa vie et à ce qu'il veut faire pour être heureux. Naturellement, la première réponse qui lui vient à l'esprit c'est d'être à son tour « proxynète ». Avant de grandir, il se fait la promesse solennelle de ne jamais laisser tomber ce qui ressemble le plus à une présence maternelle dans sa vie : Madame Rosa.

Avec ses mots et sa manière d'appréhender le monde, Momo raconte son quartier, sa vie quotidienne, sa grande solitude et celle plus grande encore de Madame Rosa, son angoisse de la mort et de la vie. Et l'amour aussi, l'amour surtout entre une vieille dame qui se meurt et un petit garçon qui a la vie devant lui.

L'ŒUVRE EN CONTEXTE

QUAND GARY INVENTA AJAR

Quel dommage de ne retenir de Romain Gary que ses deux Goncourt !
L'écrivain français Didier Van Cauwelaert (né en 1960) déplore d'ailleurs que « pour certains abrutis du microcosme », l'objectif initial
de Gary ait été de rafler ces deux prix et de marquer ainsi à jamais
l'histoire de la littérature française. Si on accepte qu'un romancier
mène une existence multiple, si on comprend que chaque nouveau
roman est à la fois une naissance et une mort, la création d'Ajar ne
peut être réduite à un simple et ultime canular. Elle répond en fait
aux questions essentielles de la vie d'un écrivain :

> « Comment triompher de la censure, quelle qu'elle soit, comment déca-
> per l'image dans laquelle on vous enferme, comment ne pas faire écran
> à la nouvelle œuvre qu'on veut transmettre au public ? Comment durer,
> comment survivre, comment renaître ? » (Van Cauwelaert (Didier),
> « Roman Gary, sa vie devant nous », in *L'Obs*)

En 1965, Romain Gary est un romancier à succès, apprécié du public
et presque méprisé de la critique : son écriture est jugée trop facile,
très orale, ponctuée de néologismes, à tel point que certains se
demandent si Gary maîtrise correctement la langue de Molière. Isolé
de cette sphère littéraire, Gary invente le roman total : un roman où
auteur et personnage ne font qu'un, où la fiction rejoint la réalité.
Il veut créer un écrivain imaginaire, maître de sa vie d'auteur et qui
ne serait pas catalogué *a priori* par les critiques.

> « Je sentais qu'il y avait incompatibilité entre la notoriété, les poids
> et mesures selon lesquels on jugeait mon œuvre, la "gueule qu'on
> m'avait faite", et la nature même du livre [...]. J'étais las de n'être que

moi-même. J'étais las de l'image Romain Gary qu'on m'avait collée sur le dos une fois pour toutes depuis trente ans. » (GARY (Romain), *Vie et mort d'Émile Ajar*, Paris, Gallimard, 1981, p. 28-30)

Romain Gary écrit *Gros-Câlins*, d'abord sans penser qu'il le publierait sous pseudonyme. Ses manuscrits traînent d'ailleurs partout dans son atelier et le titre y est déjà apposé. Dès sa sortie, l'ouvrage connaît un succès retentissant. Lorsque le livre est publié sous le nom d'Émile Ajar, Lynda Noël, une amie de Gary qui avait vu les manuscrits, affirme qu'Ajar et Gary ne sont qu'une seule et même personne. Mais personne ne la croit, car Gary est considéré comme un écrivain en fin de parcours, et il est donc impensable qu'il ait pu écrire cette œuvre.

Avec plus de 30 ans de recul, une telle situation semble difficile à imaginer. La supercherie est tellement grosse que le ridicule des critiques n'en est que plus grand. Ne reculant devant aucun sacrifice, Romain Gary va jusqu'à se mettre lui-même en scène dans un roman écrit par Émile Ajar. Dans *Pseudo*, Ajar (alors identifié à Paul Pavlowitch) fait le procès d'un Tonton Macoute, confirmant que les deux auteurs sont bien deux personnes différentes.

« Alors que je m'y suis fourré tel qu'on m'avait inventé et que tous les critiques m'avaient donc reconnu dans le personnage de "Tonton Macoute", il n'est venu à l'idée d'aucuns qu'au lieu de Paul Pavlowitch inventant Romain Gary, c'était Romain Gary qui inventait Paul Pavlowitch. » (*op. cit.*, p. 19)

Grâce à Ajar, Gary, fatigué de l'image qui est la sienne, revit comme au premier livre : une nouvelle création de lui-même... par lui-même.

« Et ce rêve de roman total, personnage et auteur [...] était enfin à ma portée. [...] Le dédoublement était parfait. Je faisais mentir le titre de mon *Au-delà de cette limite votre ticket n'est plus valable*. Je triomphais de ma vieille horreur des limites et du "une fois pour toutes". » (*op. cit.*, p. 30)

Malheureusement, le temps ne joue pas en la faveur de l'écrivain. Dans leur nouvelle édition, les quatre livres signés Ajar sont rebaptisés du nom de Romain Gary. Gageons que l'auteur eût préféré le contraire.

ANALYSE DES PERSONNAGES

L'une des caractéristiques des personnages de Gary réside dans l'effet de réel qui les anime. En réalité, il s'agit avant tout d'une élaboration du texte : les personnages ne sont « que » des constructions. Leur perception dépend en grande partie du lecteur lui-même. C'est ce que le professeur de lettres Vincent Jouve appelle l'effet-personnage, soit l'ensemble des relations qui lient le lecteur aux acteurs du récit. L'implication du lecteur se joue sur deux plans : d'une part le plan intellectuel, d'autre part le plan affectif. D'un côté, le lecteur base sa construction du personnage sur ses propres connaissances ; de l'autre, il comble les espaces d'indétermination ce qui lui laisse une certaine liberté d'interprétation. (JOUVE (Vincent), *L'effet-personnage dans le roman*, Paris, Presses universitaires de France, 1992)

MOMO

Malgré quelques petits indices, le lecteur ne sait pas vraiment à quoi ressemble Momo. Il est certes mignon (p. 16), a les yeux bleus, les cheveux bouclés et « n'a pas le nez juif des Arabes » (p. 87), mais nous n'en savons pas plus. Monsieur Hamil le dit très sensible (p. 43), un trait de caractère qui est exacerbé lors de l'épisode du chien (chapitre 2) et du parapluie qu'il nomme Arthur (p. 76). Ce sur quoi le Dr Katz est entièrement d'accord, puisqu'il dit de lui qu'il « est un tendre » (p. 70). Pourtant, Momo connaît quelques crises de violence (p. 56), qui terrorisent Madame Rosa.

La quête de son identité est cruciale chez Momo. Si le petit garçon ne s'aperçoit tout d'abord pas de l'absence de sa mère (p. 13), Madame Rosa comblant la place sentimentalement, mais aussi physiquement, Momo finit toutefois par la chercher. C'est d'ailleurs peut-être cela qui le pousse à toujours vouloir se faire remarquer auprès des femmes. Le petit garçon essaie de trouver des réponses auprès de Madame Rosa, complètement décontenancée, et pose des questions sur son père à Monsieur Hamil, sans plus de succès.

> « Est-ce que mon père était un grand bandit, Monsieur Hamil, et tout le monde en a peur, même pour en parler ?
> – Non, non, vraiment pas, Mohammed. Je n'ai jamais rien entendu de tel.
> – Et qu'est-ce que vous avez entendu, Monsieur Hamil ?
> Il baissait les yeux et soupirait [...]. C'était toujours la même chose avec moi. Rien. » (p. 43)

L'âge en soi a peu d'importance pour le petit garçon. En revanche, il semble obsédé par le fait de vieillir, de se dégrader. En réalité, ce n'est pas tant sa propre vie qui l'inquiète, que la mort de Madame Rosa.

> « Je devais avoir quoi huit, neuf ou dix ans et j'avais très peur de me trouver avec personne au monde. Plus Madame Rosa avait du mal à monter les six étages et plus elle s'asseyait après, et plus je me sentais moins et j'avais peur. » (p. 35)

MADAME ROSA

Momo commence son récit par une description physique assez chargée et peu flatteuse à l'égard de Madame Rosa. Il précise en outre que la santé de la vieille dame est mauvaise.

> « La première chose que je peux vous dire c'est qu'on habitait au sixième à pied et pour Madame Rosa, avec tous ses kilos en trop qu'elle portait sur elle et seulement deux jambes, c'était une vraie source de vie quotidienne, avec tous ses soucis et ses peines. Elle nous le rappelait chaque fois qu'elle ne se plaignait pas d'autre part, car elle était également juive. » (p. 9)

Par ces quelques mots, l'auteur plante le décor. En effet, l'œuvre entière est ici résumée : la vie de Momo coïncide avec la déchéance de Madame Rosa. Née en Pologne, elle est juive et a été victime de l'antisémitisme durant la Seconde Guerre mondiale ; après être sortie d'Auschwitz, elle s'est prostituée au Maroc et en Algérie (p. 12).

> « Elle parlait très bien l'arabe, sans préjugés. Elle avait même fait la Légion étrangère à Sidi Bel Abbès, mais les choses se sont gâtées quand elle est revenue en France, car elle avait voulu connaître l'amour et le type lui a pris toutes ses économies et l'a dénoncée à la police française comme Juive. » (p. 69)

Tout au long du récit, Momo décrit avec minutie le caractère disproportionnel du physique de Madame Rosa. Vieille, fatiguée et obèse (« après 50 ans, elle avait commencé à grossir et n'était plus assez appétissante », p. 70), elle finit par ressembler à un tonneau. Ses cheveux gris se font de plus en plus rares, à tel point qu'elle est presque chauve à la fin du roman. Madame Rosa semble grossir à mesure que son amour pour Momo grandit. Néanmoins, ce portrait physique peu flatteur est contrebalancé par la tendresse et l'admiration que Momo voue à la vieille dame : si elle n'est pas belle, c'est tout simplement parce qu'elle n'est pas comme les autres. Certes, son physique n'est pas très attractif, mais elle est très courageuse et elle a su tirer profit de sa situation.

> « Elle savait que les femmes qui se défendent ont beaucoup de difficultés à garder leurs enfants parce que la loi l'interdit pour des raisons morales, et elle a eu l'idée d'ouvrir une pension sans famille pour des mômes qui sont nés de travers. On appelle ça un clandé dans notre langage. » (p. 70)

La relation qui unit Momo et Madame Rosa évolue à mesure qu'avance l'intrigue : d'abord motivée par l'argent (les « mandats » qu'elle réclame aux mères des enfants), elle devient éducatrice et finit par réellement s'attacher au jeune garçon. Au fil des pages, le lecteur découvre la tendresse et l'amour qui unit les deux personnages. L'attachement de Madame Rosa pour Momo est réel : elle va jusqu'à falsifier son acte de naissance pour le garder plus longtemps avec elle (p. 72). De son côté, Momo n'imagine pas sa vie sans la vieille dame.

> « Chaque matin, j'étais heureux de voir que Madame Rosa se réveillait, car j'avais une peur bleue de me trouver sans elle. » (p. 75)

Psychologiquement, Madame Rosa est instable. Elle a une peur panique des Allemands (p. 59), des coups de sonnette, du cancer. Il lui arrive de pleurer pendant des journées entières. Elle se dit anxieuse, mais c'est une qualité « lorsqu'on élève des enfants » (p. 32), car sans cela, ils deviendraient des voyous, selon elle. Pour se soulager, elle s'administre quelques calmants, une occasion pour Momo de répéter son admiration.

> « À la maison, elle s'est bourrée de tranquillisants et elle a passé la soirée à regarder droit devant elle avec un sourire heureux parce qu'elle ne sentait rien. Jamais elle ne m'en a donné à moi. C'était une femme mieux que personne et je peux illustrer cet exemple ici même. » (p. 58)

Madame Rosa reste une femme coquette et gourmande. Elle s'octroie d'ailleurs des petits moments de plaisir. Lorsqu'elle va manger un gâteau seule le samedi, par exemple. Un moment authentique qui suscite chez le lecteur beaucoup de compassion.

De manière générale, le lecteur constate une évolution (parfois négative) des personnages au fur et à mesure de la lecture : Momo vieillit de quatre ans, Madame Rosa est quasi impotente et a des absences relativement longues (jusqu'à son décès), Monsieur Hamil perd la mémoire et confond Momo et Victor Hugo.

ANALYSE DES THÉMATIQUES

Tout au long du roman, Momo observe attentivement le monde qui l'entoure : la prostitution, la multiethnicité, la pauvreté, l'espoir et surtout le désespoir. Il fait part au lecteur de ses observations relativement mûres pour un petit garçon de dix ans.

Loin d'établir une liste exhaustive des thématiques présentes dans le roman, il s'agit plutôt dans ce chapitre de répertorier quelques-uns des thèmes abordés dans *La Vie devant soi*. La chose n'est pourtant pas aisée car Romain Gary écrit tout et son contraire. Certains thèmes sont ainsi développés en opposition. Mais on y trouve aussi le poids de sa réalité.

UNE ÉCRITURE CONDITIONNÉE PAR LE VÉCU DE L'AUTEUR

D'après Nicolas Gelas, le vécu de Romain Gary conditionnerait entiè-rement son écriture et les thématiques qu'il développe dans son roman. Ainsi, les thématiques de *La Vie devant soi* ne seraient que le simple reflet de ses angoisses.

On découvre d'abord l'hostilité que nourrit Gary à l'encontre de tous les totalitarismes. En effet, dès son plus jeune âge, Roman Kacew a été contraint à l'exil pour échapper aux pogroms organisés en Lituanie par les soldats russes. Durant la Seconde Guerre mondiale, il participe à des missions de bombardement au-dessus de l'Alle-magne nazie et assiste aux prémices de la dictature communiste alors qu'il est en poste à Sofia. La découverte de l'horreur des camps de concentration l'a bien entendu profondément marqué. Alors, Gary s'interroge sur la réponse que la littérature peut apporter à la tragédie d'Auschwitz. Portant un regard très sombre sur ses contemporains, l'écrivain estime que le nazisme comme le stalinisme font partie de la nature de l'homme. Chaque être humain comporterait ainsi une part d'inhumanité.

Dans *La Vie devant soi*, Gary choisit d'évoquer la tragédie humaine de la Shoah à travers la perception d'un enfant et d'une vieille femme juive. On se trouve ainsi face à une situation pour le moins contradictoire : l'innocence et la candeur pour évoquer l'une des périodes les plus sombres de l'histoire de l'humanité. Et pourtant, ce choix permet à l'auteur de recourir à des images à et des raccourcis que le lecteur ne peut pardonner qu'à un enfant.

> « [...] Madame Rosa a le droit sacré des peuples à disposer d'elle-même, comme tout le monde. Et si elle veut se faire avorter, c'est son droit. Et c'est vous qui devriez le lui faire parce qu'il faut un médecin juif pour ça pour ne pas avoir d'antisémitisme. » (p. 234)

En outre, puisque Madame Rosa est juive, le lecteur accepte le pacte implicite selon lequel elle peut « dire ce qu'elle veut » puisqu'elle a elle-même souffert. Ainsi, lorsque la vieille dame tient des propos ouvertement racistes, rapportés par un narrateur de dix ans, le lecteur sourit.

> « C'est moi qui étais chargé de conduire Banania dans les foyers africains de la rue Bisson pour qu'il voie du noir, Madame Rosa y tenait beaucoup. – Il faut qu'il voit du noir, sans ça, plus tard, il va pas s'associer. » (p. 21)

LE SAVIEZ-VOUS ?

En donnant à ce personnage le nom de Banania, Romain Gary fait un clin d'œil à l'icône de la publicité de la marque de cacao homonyme, toujours souriant.

Second trait majeur mis en évidence par Nicolas Gelas : l'extravagance de la mère de Gary et la nature du lien affectif qu'il a entretenu avec elle. Mina nourrissait de grands projets pour son fils. C'est elle qui s'est occupée d'une partie de son éducation intellectuelle, dans le plus grand amour de la France, de la littérature et des arts. La nature des desseins de Mina à l'égard de son fils peut être qualifiée d'aliénante et a probablement conditionné le rapport de l'auteur à l'identité. Plutôt que de son origine, c'est une vision prospective de soi que l'auteur a adoptée, s'inventant par la parole et se projetant dans une image démultipliée de lui-même.

> « Transposée dans le cadre de la création littéraire, cette dynamique influa sur sa définition de l'identité : moins ce que l'on est ou d'où l'on vient, que ce qu'on se destine à devenir. C'est un trait que l'on retrouve fréquemment chez ses personnages, marqués à la fois par la conscience d'un inachèvement et l'espoir d'une réalisation prochaine de soi. » (GELAS (Nicolas), *Romain Gary ou l'humanisme en fiction*, p. 12)

Tout comme la mère de Gary, Madame Rosa façonne Momo comme elle souhaiterait qu'il soit. D'origine arabe, Momo grandit dans les rues de Belleville, le quartier juif de Paris. Il parle le yiddish et connaît les prières juives. En outre, Madame Rosa diminue son âge pour retarder le moment où le jeune garçon s'éloignera d'elle. Il en résulte un rapport particulier de Momo à son identité : il ignore presque tout de ses parents et de ses origines. Son rapport à l'âge et à la vieillesse semble tout aussi biaisé : en un seul jour, il vieillit de quatre ans ; le voilà désormais mûr pour comprendre la vie et ce qu'il doit en faire.

En outre, le personnage de Momo est marqué par l'espoir d'une réalisation prochaine. Comme tous les jeunes garçons de son âge, il rêve et se projette dans un avenir plus ou moins proche. De façon logique, il aspire à reproduire le cadre dans lequel il grandit.

L'ATTACHEMENT

L'un des principaux thèmes du roman est l'attachement, notamment celui que porte Momo à l'égard de Madame Rosa. Momo qui ne connaît pas sa maman et dont le père est en prison voit en elle une figure maternelle. Alors, lorsqu'il apprend que celle-ci s'occupe de lui contre rétribution, c'est une partie de son monde qui s'écroule :

> « Au début, je ne savais pas que Madame Rosa s'occupait de moi seulement pour toucher un mandat à la fin du mois. Quand je l'ai appris, j'avais six ou sept ans et ça m'a fait un coup de savoir que j'étais payé. » (p. 10)

Momo qualifie cet épisode comme « son premier grand chagrin » (p. 10). Très vite, Madame Rosa le rassure : elle est la seule mère que le narrateur ait jamais connue, et Momo est le seul enfant que la vieille dame ait jamais considéré comme son fils.

> « Madame Rosa a bien vu que j'étais triste [...]. Elle m'a pris sur ses genoux et elle m'a juré que j'étais ce qu'elle a de plus cher au monde, mais j'ai tout de suite pensé au mandat et je suis parti en pleurant. » (p. 10)

La fin de Madame Rosa, particulièrement tragique, témoigne à la fois de l'attachement qui unit Momo à celle-ci, et de la difficulté que le petit garçon éprouve à l'idée de la laisser partir. Soucieux malgré tout de respecter les dernières volontés de la vieille dame, il demande au Dr Katz de l'euthanasier pour ne pas qu'elle finisse « comme un légume » (p. 133). Face au refus du médecin, Momo se charge de descendre Madame Rosa, alors dans un état de semi-conscience, dans la cave, son trou juif, son Israël. Dans cette dernière scène à la fois terriblement touchante et pathétique, Gary dépeint ce qui pourrait être la caricature d'un rite mortuaire.

> « J'ai essayé de lui coller des faux cils, mais ça tenait pas. Je voyais bien
> qu'elle ne respirait plus, mais ça m'était égal, je l'aimais même sans respi-
> rer. Je me suis mis à côté d'elle sur le matelas avec mon parapluie Arthur et
> j'ai essayé de me sentir encore plus mal pour mourir tout à fait… » (p. 268)

Cette mise en scène d'une relation fusionnelle entre un petit garçon et sa mère – bien qu'adoptive – n'est pas un thème étranger à Romain Gary. En effet, dans *La Promesse de l'aube* déjà, l'auteur se mettait en scène avec sa mère, Mina. En outre, il est difficile pour le lecteur averti de ne pas comparer la mort de Madame Rosa à celle de Mina, décédée des suites d'une longue maladie.

LE BESOIN DE SOLITUDE

Cet amour qui unit Momo et Madame Rosa est tel que tous deux ont terriblement peur de se retrouver l'un sans l'autre. Paradoxalement, les personnages ressentent également un besoin de solitude, cette nécessité d'être seul et de se resituer au milieu de ce qui leur est familier. C'est particulièrement vrai dans le cas de Madame Rosa qui a établi sa résidence secondaire dans la cave, où elle exorcise ses peurs. Ce besoin de solitude peut être compris comme l'expression du désir de se retrouver soi-même. En effet, Romain Gary a, tout au long de sa vie, joué le rôle d'écrivain et d'homme public que sa mère avait rêvé pour lui. Madame Rosa, de son côté, enfouit son existence au monde, celle-ci lui ayant apporté trop de malheurs.

Ce besoin d'être toujours entouré, cette angoisse perpétuelle d'être seul, et néanmoins la volonté de se retrouver soi-même, l'auteur les connaît bien et n'aura de cesse de les exploiter dans ses romans. Qu'il les signe Ajar ou non d'ailleurs. Dans *La Vie devant soi*, l'auteur sug-gère dans son écriture que Momo et Rosa ne seraient que des avatars grâce auxquels il exprime son sentiment de peur face à la mort et à la solitude. Ainsi, Momo incarnerait Gary enfant, et Madame Rosa représenterait Gary à l'âge adulte.

S'inspirant de la psychanalyse freudienne, Philippe Hamon estime que le sujet ainsi dédoublé est partagé entre l'anonymat et la reconnaissance. En outre, il rappelle que, dans le cadre de la théorie narrative, la notion de fantasme se définit comme un scénario imaginaire, où le sujet est présent, mais plus ou moins déformé par les processus défensifs. Or user d'un pseudonyme constitue en soi un moyen de défense, l'auteur ne souhaitant pas être reconnu. Ajouté au dédoublement identitaire entre Momo et Rosa, et à la double crainte de mourir et d'être seul, le lecteur comprend qu'il est en fait question de l'angoisse de Romain Gary (HAMON (Philippe), *Le personnel du roman. Le système des personnages dans les* Rougon-Macquart *d'Émile Zola*, Genève, Droz, 1998, p. 16).

LA QUESTION IDENTITAIRE AU CŒUR DU ROMAN

La vie de Romain Gary a largement conditionné son écriture. En tant qu'écrivain aux existences multiples, il semble normal que l'identité occupe une place de choix dans *La Vie devant soi*. La preuve avec cette citation issue d'un monologue intérieur de Momo : « Quand on est môme, pour être quelqu'un, il faut être plusieurs. » (p. 104) Ainsi, le thème se décline dans tout ce qu'il a de multiple et d'anti-conformiste, puis dans son aspect religieux, et enfin en tant que motif de réinvention.

Le multiculturalisme

Lorsqu'elle est liée au cadre spatio-temporel, l'identité devient multi-culturelle. Dès le début de la lecture, le narrateur précise le caractère multiethnique de son quartier : Madame Rosa est juive et habite dans un immeuble où la majorité des locataires sont « des Noirs » (p. 12).

> « Il y a beaucoup d'autres tribus rue Bisson, mais je n'ai pas le temps de vous les nommer toutes. Le reste de la rue et du boulevard de Belleville est surtout juif et arabe. Ça continue comme ça jusqu'à la Goutte-d'Or et après c'est les quartiers français qui commencent. » (p. 13)

Les personnages qui gravitent autour du narrateur témoignent eux aussi de ce brassage culturel : le Dr Katz est juif, de même que Moïse ; Monsieur Hamil est musulman ; Michel est Vietnamien ; Madame Lola est Sénégalaise ; le Mahoute et Monsieur N'Da Amédée sont Nigérians ; Monsieur Charmette est français et les frères Zaoum sont Russes.

Ce mélange des cultures est accentué par la présence dans le texte de passages en hébreu et en arabe (situation qui renvoie à la diglossie, c'est-à-dire au fait qu'un individu parle plusieurs langues dont l'une d'entre elles se situe à un niveau sociopolitique inférieur). Le lecteur pourrait y voir une volonté humaniste de Gary : l'auteur met volontairement en scène un couple musulman/juif avec toute l'habileté que nécessite ce jeu délicat.

L'autre dimension de l'axe multiculturel est incarnée par le rejet de la normalité et de la conformité. C'est notamment visible lorsque Momo évoque Madame Lola, cet ancien boxeur devenu prostituée : « Je l'aimais bien, c'était quelqu'un qui ne ressemblait à rien et qui n'avait aucun rapport. » (p. 143) C'est également visible à travers cette discussion entre le Dr Katz et Momo, juste après lui avoir demandé d'euthanasier la vieille dame.

« Tu n'as jamais été un enfant comme les autres, Momo. Et tu ne seras jamais un homme comme les autres, j'ai toujours su ça.

– Merci, Docteur Katz. C'est gentil de me dire ça.

– Je le pense vraiment. Tu seras toujours très différent. [...].

– [...] Tu es un garçon très intelligent, très sensible même. J'ai souvent dit à Madame Rosa que tu ne seras jamais comme tout le monde. Quelquefois, ça fait des grands poètes, des écrivains, et quelquefois... Il soupira. Et quelquefois, des révoltés. Mais rassure-toi, cela ne veut pas dire du tout que tu ne seras pas normal.

– J'espère bien que je ne serai jamais normal, Docteur Katz, il n'y a que les salauds qui sont toujours normals.

– Normaux.

– Je ferai tout pour ne pas être normal, docteur... » (p. 238-239)

Dans ce passage particulièrement, Gary se dessine en filigrane : lui qui rejette l'étiquetage et le conformisme, lui qui n'est pas « normal » et qui a mené une grande carrière d'écrivain.

La religion comme brouilleur identitaire

L'une des manières classiques de définir l'identité d'une personne réside également dans son appartenance à un groupe ou à une croyance. Dans le cas de Momo, par exemple, la frontière identitaire religieuse est brouillée. Le jeune garçon connaît toutes les prières en yiddish, ce qui ne l'empêche pas d'être un « bon musulman » qui pratique le ramadan (p. 53).

> « Je peux dire ça à la décharge de Madame Rosa comme Juive, c'était une sainte femme. Bien sûr elle nous faisait bouffer toujours ce qui coûtait le moins cher et elle me faisait chier avec le ramadan quelque chose de terrible. Vingt jours sans bouffer, vous pensez, c'était pour elle la manne céleste et elle prenait un air triomphal quand le ramadan arrivait [...]. » (p. 53)

Conscient que sa situation est atypique, Momo accepte son sort de croyant hybride, de personnage multiple, même s'il lui arrive de regretter de n'être « qu'un » (p. 152). Pour lui, la religion, de même que la biologie, n'a que peu d'importance comparée à l'affection qu'il voue à Madame Rosa : elle n'est ni musulmane ni génitrice, mais elle est la mère qu'il s'est choisi.

De son côté, le rapport de Madame Rosa à son identité juive est ambivalent. Tandis que son personnage est largement défini par ses racines juives et par son expérience de la Shoah, la vieille dame reste traumatisée par ce qu'elle a vécu dans les camps de concentration. Aussi vit-elle constamment dans la peur et enfouit-elle son identité juive : elle se procure des faux papiers afin de ne pas être découverte. Ce n'est que dans son « trou juif », sa cave, qu'elle s'autorise un peu de répit.

> « [...] Madame Rosa avait des documents qui prouvaient qu'elle était quelqu'un d'autre, comme tout le monde. Elle disait qu'avec ça, même les Israéliens auraient rien pu prouver contre elle. Bien sûr, elle n'était jamais tout à fait tranquille là-dessus, car pour ça il faut être mort. Dans la vie c'est toujours la panique. » (p. 29)

UNE VIE S'ACHÈVE, UNE AUTRE COMMENCE

Comme pressenti dans le titre du roman, le thème de la vie est largement développé. Parallèlement, la mort et la crainte qu'elle suscite sont elles aussi très présentes : Momo est terrifié à l'idée de se retrouver sans Madame Rosa. Il en parle à Monsieur Hamil et au Dr Katz qui, pour rassurer le jeune garçon, lui explique qu'il a la vie devant lui.

> « – Il ne faut pas pleurer, mon petit, c'est naturel que les vieux meurent. Tu as toute la vie devant toi. Il cherchait à me faire peur, ce salaud-là, ou quoi ? J'ai toujours remarqué que les vieux disent "tu es jeune, tu as toute la vie devant toi", avec un bon sourire, comme si cela leur faisait plaisir. Je me suis levé. Bon je savais que j'ai toute ma vie devant moi, mais je n'allais pas me rendre malade pour ça. » (p. 133-134)

C'est à travers ces quelques mots qu'il faut trouver l'explication du titre : ce qui angoisse Momo, ce n'est pas tant la peur de la mort elle-même que de se retrouver sans sa chère Madame Rosa. Une fois encore, à travers *La Vie devant soi*, Gary semble tenir un véritable journal intime de ses angoisses.

La fin du roman est encore plus troublante, tant elle coïncide avec la fin de vie de la mère de Romain Gary. Le narrateur détaille avec minutie les derniers instants de « sa mère adoptive » : les yeux ouverts de Madame Rosa, le maquillage coloré, le parfum pour atténuer l'odeur de putréfaction et enfin la découverte, les cris et le départ en ambulance. Puis le récit se poursuit pendant quelques lignes, le temps pour le lecteur de comprendre que Momo va changer de vie : il est recueilli par Ramon et Nadine, une jeune et belle femme rencontrée dans la rue quelques semaines plus tôt et qui avait proposé toute son aide au jeune garçon. S'il accepte d'essayer d'aimer quelqu'un d'autre, il ne renonce toutefois jamais à son amour pour Madame Rosa. La fin de l'un coïncide donc avec un nouveau commencement pour l'autre.

STYLE ET ÉCRITURE

LE LANGAGE DANS *LA VIE DEVANT SOI*

La première ligne de *La Vie devant soi* inaugure une conversation longue de 273 pages entre Momo et son lecteur. En effet, la situation narrative est celle d'un dialogue. C'est en tout cas ce que l'on perçoit à travers ces quelques mots : « La première chose que je peux vous dire [...]. » (p. 9) D'une façon assez surprenante, Momo poursuit sa conversation en présentant Madame Rosa (et non en se présentant lui-même). Il utilise un langage peu utilisé dans les œuvres romanesques, ce qui laisse le lecteur perplexe : le ton est familier, la syntaxe boiteuse, le vocabulaire inapproprié.

> « À la maison, nous avons aussi retrouvé Monsieur N'Da Amédée, le maquereau qu'on appelle aussi proxynète. Si vous connaissez le coin, vous savez que c'est toujours plein d'autochtones qui nous viennent d'Afrique, comme ce nom l'indique. » (p. 33)

Loin de la maladresse, il s'agit plutôt d'une démonstration de maîtrise parfaite du français : la langue employée est « parsemée de calembours, d'anomalies de langage, d'incorrections délibérées, de mots employés pour d'autres » (p. 516). Il s'agit là d'un véritable travail de déconstruction du langage qui reflète en réalité le langage utilisé par toute une population marginalisée (propos de Jacqueline Piatier, in ANISSIMOV (Myrian), *Romain Gary, le caméléon*, p. 551).

Cette écriture « du coq à l'âne » témoigne des racines russes de Romain Gary. En effet, pour créer ses dialogues, l'auteur s'inspire du futurisme russe et de son langage, le zaoum. Cette forme de langage touche aux fondements mêmes de la langue. C'est pourquoi il peut lui-même donner naissance à des images et à des histoires

(GALTSOVA (Eléna), « L'invention du roman en zaoum ? Sur Quatre romans phonétiques d'Alexeï Kroutchenykh », in *Cahiers de la narratologie*, 24/2013).

> « Monsieur Hamil m'avait souvent dit que le temps vient lentement du désert avec ses caravanes de chameaux et qu'il n'était pas pressé car il transportait l'éternité. Mais c'est toujours plus joli quand on le raconte que lorsqu'on regarde sur le visage d'une vieille personne qui se fait voler chaque jour un peu plus et si vous voulez mon avis, le temps, c'est du côté des voleurs qu'il faut le chercher. » (p. 158)

Ainsi, l'utilisation de cette langue propre aux poètes russes vient confirmer l'hypothèse selon laquelle l'auteur n'est pas un simple débutant. En outre, en utilisant le zaoum, Gary démontre que ce langage, si littéraire soit-il, est parfaitement compréhensible de tous. La sphère littéraire n'est donc pas si hermétique qu'elle souhaiterait le faire croire.

LE FUTURISME

Né en Italie au début du siècle dernier, le futurisme est un courant artistique, parfois qualifié de révolution anthropologique, qui a touché toutes les dimensions de l'art, notamment la littérature. Le futurisme russe était particulièrement attentif au problème de la productivité verbale. Selon ses adeptes, tout est susceptible de produire du sens : l'image, la parole, le mot, la lettre. Ainsi sont constituées les bases d'une langue nouvelle, le zaoum, qui signifie « au-delà de la raison », « transmental », « transrationnel ». Le mot devient donc autonome et autosuffisant. Néanmoins, le zaoum ne relève pas du registre de l'onomatopée.

ROMAN OU AUTOFICTION ?

On l'a vu, l'identité dans *La Vie devant soi* est à la fois multiple et constamment interrogée, brouillée. Toujours dans la perspective d'une écriture conditionnée par le vécu et avec le recul qui s'impose, il semble que la problématique de l'identité soit l'élément d'unification de la vie de Romain Gary. Sa vie, son œuvre et son apparence physique en témoignent : il change, superpose les visages, les noms et finit par vivre sa vie comme un personnage littéraire le ferait. C'est ce que Doubrovsky a appelé l'autofiction. Le concept se définit par une équation simple : auteur = narrateur = personnage. Il s'agit de produire un récit non fictionnel, qui ne relève pas pour autant du registre autobiographique.

Le terme « autofiction » s'inscrit donc clairement dans une logique de refus : refus de la fiction romanesque d'une part, de l'autobiographie d'autre part, tout en conservant certains aspects de ces deux genres. En effet, comme le suggère Raphaël Baroni, l'autofiction peut jouer un rôle d'authentification dans le roman réaliste contemporain, tout comme elle peut conférer une valeur générale à l'anecdote autobiographique (ZUFFEREY (Joël), *L'autofiction : variations génériques et discursives*, Ottignies-Louvain-La-Neuve, Academia, p. 514). Rien de surprenant donc à ce que Gary se soit distingué dans un genre qui se définit par une logique du refus, lui qui a toujours refusé les étiquettes.

UNE ÉCRITURE CONDITIONNÉE PAR L'INTERTEXTUALITÉ

L'œuvre de Romain Gary témoigne de choix esthétiques renouvelés sans cesse. L'hétérogénéité semble donc marquer profondément la vie et l'œuvre de l'auteur. Néanmoins, avec le temps, les chercheurs ont pu mettre en évidence une certaine récurrence dans les thématiques abordées par l'auteur : hantise de la solitude et de l'oubli, culte de l'amour, du devoir de mémoire et des vertus de l'imaginaire. C'est, en quelque sorte, comme si Gary réécrivait le même roman, indéfiniment.

> « Car il se trouve que ce roman de l'angoisse, de la panique d'un jeune face à la vie devant lui, je l'écrivais depuis l'âge de vingt ans, l'abandonnant et le recommençant sans cesse, traînant les pages avec moi à travers guerres, vents, marées et continents, de la toute jeunesse à l'âge mûr [...]. » (GARY (Romain), *Vie et mort d'Émile Ajar*, p. 20)

Il faut attendre 1981 et la publication de *Vie et mort d'Émile Ajar* pour comprendre les motivations de Gary. C'est dans cette œuvre posthume que l'auteur explique sa nostalgie de la jeunesse, du débat de sa carrière, de son premier livre, de son désir absolu de recommencement, de son angoisse face à l'enfermement dans une image médiatique et, enfin, de son désir d'échapper à lui-même.

Ainsi, l'une des caractéristiques majeures de l'œuvre garysienne serait l'intertextualité : la réécriture constante des mêmes personnages, des mêmes tournures de phrases et des mêmes thématiques. Ce concept confère au lecteur un rôle primordial. En effet, l'intertextualité n'a de sens que si le lecteur remarque et décode les liens qui unissent les œuvres. Loin d'être le fruit du hasard, ces liens témoignent en réalité de structures sous-jacentes : outre les changements apportés d'œuvre en œuvre, une constante formelle demeure. Qu'elle soit d'ordre syntaxique, lexical, sémantique, cette constante constitue un indice énigmatique, déclencheur d'une lecture exploratoire à la recherche des liens qui unissent les œuvres entre elles.

UNE ÉCRITURE EMPREINTE D'HUMANISME

L'œuvre de Romain Gary s'inscrit pleinement dans le retour des valeurs de l'humanisme et de la réflexion qui s'y attache, dans la pensée et dans la littérature.

L'humanisme de Gary promeut une forme de dépassement qui encourage l'homme dans un acte de création continue. Ainsi, la création, la fiction de l'amour, mais aussi le rire permettent de revendiquer le pouvoir spirituel comme agent de réenchantement du monde. D'un point de vue strictement littéraire, Nicolas Gelas remarque qu'il existe plusieurs axes de convergence avec les œuvres de Malraux et de Camus, desquels Gary se sentait d'ailleurs particulièrement proche. Ainsi, comme chez eux, c'est un sentiment de révolte qui anime la préoccupation humaniste de Gary qui s'interroge, à travers ses personnages, sur les postures et les situations qui permettraient de vivre une vie humaine après les atrocités commises durant la Seconde Guerre mondiale. Le personnage de Momo illustre parfaitement cela : au fil des pages, le narrateur ne cesse de faire part au lecteur de ses inquiétudes existentielles.

En outre, à travers une mythologie humaniste, Gary entend réaffirmer par la culture et l'art le principe de dignité. Ainsi, l'homme est inachevé, mais l'écrivain œuvre à son avènement et à son émancipation. En choisissant ce type d'écriture, l'écrivain veut se rendre insaisissable : loin des interprétations univoques, il privilégie les valeurs affectives, se met hors d'atteinte du regard des autres et à l'abri de toute vérité. D'après Maxime Decout, l'humanisme de Gary ne se réduit pas à une métaphysique : il détermine aussi une posture existentielle et questionne une « façon d'être au monde qui invite l'individu à se prémunir de la réalité dans ce qu'elle peut avoir d'envahissant, de sclérosant et de dogmatique » (DECOUT (Maxime), « Petit essai de littérature appliquée à l'idéologie avec Romain Gary », in *Littératures*).

LA RÉCEPTION DE
LA VIE DEVANT SOI

La réception d'une œuvre renseigne le lecteur d'aujourd'hui sur la façon dont celui d'hier l'a perçue. La question est particulièrement intéressante dans le cas de *La Vie devant soi*, puisqu'elle s'étend jusqu'en 1981, date de la fin de l'affaire Ajar. Si aujourd'hui le nom d'Émile Ajar est mis entre parenthèses sur la couverture du roman, ce ne fut pas toujours le cas.

Lorsque le roman est publié, le lecteur ne savait pas qui était cet Émile Ajar dont personne n'avait jusqu'alors entendu parler. Certes, le mystère qui entoure celui-ci a sans doute contribué au retentissement de l'œuvre. Néanmoins, ce vacarme a bien failli laisser aux oubliettes l'intérêt intrinsèque du chef-d'œuvre de Gary. Au mystère Ajar a succédé une affaire Ajar, permettant au lecteur d'aujourd'hui d'apprécier la valeur littéraire ainsi que les significations de *La Vie devant soi*.

QUI EST ÉMILE AJAR ?

Depuis 1974, la sphère littéraire se tord sur elle-même : qui se cache derrière le pseudonyme Émile Ajar ? S'agit-il de Louis Aragon, de Raymond Queneau ou encore de Michel Cournot, le directeur littéraire du *Mercure de France* et journaliste au *Nouvel Observateur* ?

Tandis que le public découvre et déguste Ajar, Gary publie son 22e roman, *Au-delà de cette limite votre ticket n'est plus valable*. Au travers de thématiques telles que l'impuissance ou la peur de vieillir, on découvre l'histoire d'un homme, névrosé et obsédé par une Brésilienne de 34 ans sa cadette. Sans aucun doute, les critiques identifient l'auteur et le héros : l'un et l'autre sont finis. Ce que ces spécialistes de la littérature ignorent, c'est, qu'alors qu'ils pensent Gary fini, ils louent cette même plume pour son roman *La Vie devant soi*.

Se prenant au jeu protéen, Gary veut donner un visage à Ajar : il propose le rôme à son petit neveu, Paul Pavlowitch. À 33 ans, celui-ci aime son oncle et a lu tous ses livres. Amateur de littérature, mais pas écrivain pour un sou, le jeune homme accepte de se prêter au jeu. Il est présenté à Simone Gallimard et Michel Cornet, pendant que Gary supervise sa « marionnette » grâce à la vigilance de ses avocats. Ajar est pressenti pour le Goncourt.

Paul Pavlovitch prend goût à la supercherie : il s'entretient avec Yvonne Baby (dirigeante du service culturel du *Monde*) et interprète un personnage différent de celui prévu par Gary. Il attribue à Ajar des souvenirs réels de sa propre vie, et envoie même une photo de lui à son éditeur. Bien sûr, les journalistes ne tardent pas à retrouver sa trace et à identifier son lien de parenté avec Romain Gary. L'étau est-il en train de se resserrer ? Même pas ! Gary affirme formellement qu'il n'est pas Ajar. Il reconnaît que le jeune auteur s'est probablement inspiré de son oncle, mais quoi de plus normal pour un écrivain de sa stature que d'influencer la jeunesse ?

Le Goncourt est attribué à *La Vie devant soi* le 17 novembre 1975. Aussi prestigieux soit-il, Gary demande à Pavlovitch de refuser le prix : un auteur ne peut recevoir deux fois cette récompense. Or, *Les Racines du ciel* a déjà été primé. Pavlowitch s'exécute, mais c'est finalement Hervé Bazin (1911-1993), le président de l'Académie, qui tranche : le Goncourt, pas plus que la naissance ou la mort, ne peut ni s'accepter ni se refuser. En outre, il est attribué à un livre, et non à un auteur. *La Vie devant soi* est donc primé, n'en déplaise à son auteur. Aux yeux de la presse, Gary est désormais dépassé par son neveu prodige.

Par la suite, Ajar signe *Pseudo*, une intrigue sur le dédoublement de la personnalité. En décembre 1976, Gary écrit quant à lui *Claire de femme*, un roman d'amour, publié en mars 1977. La critique sera beaucoup plus élogieuse envers Ajar qu'envers Gary. Une ligne de conduite dualiste que tient la critique jusqu'au bout. De son côté, Paul Pavlowitch devient conseiller littéraire au *Mercure de France* : Gary perd le contrôle de sa création. Il est parano et craint par-dessus tout un contrôle fiscal. Alors qu'il devait régulariser sa situation d'« auteur-double », il se suicide le 2 décembre 1980, sans laisser d'explications.

LA FIN DU MYSTÈRE

En dépit des démentis de Gary, un doute subsiste... Le 3 juillet 1981, le journaliste Bernard Pivot reçoit Paul Pavlowitch sur le plateau de son émission *Apostrophe*. Celui-ci vient de briser la promesse faite à son oncle : Émile Ajar, ce n'est pas lui, c'était bien le talentueux Romain Gary. Pavlowitch se confesse dans son premier livre, *L'Homme que l'on croyait*. Mais, loin de dissiper un doute, Pavlowitch ne fait qu'engendrer une confusion supplémentaire. Quelques jours plus tard, *Vie et mort d'Émile Ajar* sort en librairie : 42 pages durant lesquelles Gary explique, avec fierté et amertume, son ultime supercherie.

> « Je ne me suis pas trompé : aucun des critiques n'avait reconnu ma voix dans *Gros-câlin*. Pas un, dans *La Vie devant soi*. C'était, pourtant, exactement la même sensibilité que dans *Éducation européenne*, *Le Grand Vestiaire*, *La Promesse de l'aube*, et souvent les mêmes phrases, les mêmes tournures, les mêmes humains. Il eut suffi de lire *La Danse de Gengis Cohn* pour identifier immédiatement l'auteur de *La Vie devant soi*. [...] Tout Ajar est déjà dans *Tulipe*. Mais qui donc l'avait lu, parmi les "Professionnels" ? » (*Vie et mort d'Émile Ajar*, p. 18)

Ce serait sous-estimer la plume de Romain Gary que de croire que ses romans appartiennent à une autre époque. Car au-delà de la supercherie et de ses multiples identités, ce qu'il faut retenir de cet auteur qui n'avait rien d'ordinaire, c'est avant tout le caractère universel et intemporel de son écriture.

Source d'inspiration inépuisable pour les jeunes plumes, ce ne serait pas du Gary si cela ne dépassait pas la frontière littéraire. Quarante ans après la publication de *La Vie devant soi*, le duo Madame Rosa-Momo n'en finit pas d'émouvoir les jeunes générations. En effet, le roman figure au programme de nombreuses écoles, permettant ainsi aux enseignants d'aborder des périodes sombres de l'histoire de l'humanité, mais aussi des questions toujours actuelles telles que l'immigration, l'antisémitisme, le racisme ou encore la définition de l'identité. Outre ces aspects de fond, *La Vie devant soi* demeure un chef d'œuvre de stylistique et de linguistique, gages du talent de Romain Gary.

BIBLIOGRAPHIE

SOURCES BIBLIOGRAPHIQUES

- Anissimov (Myriam), *Romain Gary, le caméléon*, Paris, Gallimard, coll. « Folio », 2006.
- « Belleville : tentative d'épuisement d'une rue parisienne, in *INA.fr*, consulté le 21 octobre 2015. http://www.ina.fr/video/CAC96029668
- Galtsova (Eléna), « L'invention du roman en zaoum ? Sur *Quatre romans phonétiques* d'Alexeï Kroutchenykh », in *Cahiers de narratologie*, 24 | 2013.
- Gary (Romain), *La Vie devant soi*, Paris, Mercure de France, 1975.
- Gary (Romain), *Vie et mort d'Émile Ajar*, Paris, Gallimard, 1981.
- Gelas (Nicolas), *Romain Gary ou l'humanisme en fiction*, Paris, L'Harmattan, 2012.
- Genette (Gérard), *Palimpsestes, la littérature au second degré*, Paris, Seuil, 1983.
- Hamon (Philippe), *Le personnel du roman. Le système des personnages dans les* Rougon-Macquart *d'Émile Zola*, Genève, Droz, coll. « Titre courant », 1998.
- Jouve (Vincent), *L'effet-personnage dans le roman*, Paris, Presses universitaires de France, 1992.
- « La rafle du Vel' d'hiv », in *INA.fr*, consulté le 20 janvier 2016. https://www.ina.fr/video/CAF94005628
- Lecarme-Tabone (Éliane), *La Vie devant soi*, Paris, Gallimard, 2005.
- « Le récit – Romain Gary », in *Au cœur de l'histoire*, émission du 9 mai 2014, présentée par Franck Ferrand, France.
- Lista (Giovanni), *Le futurisme : création et avant-garde*, Paris, Éditions L'Amateur, 2001.

- Nouss (Alexis), « L'identité coupable. L'œuvre de Romain Gary », in *Identités narratives, mémoire et perception*, sous la direction de Pierre Ouellet, Simon Harel, Jocelyne Lupien et Alexis Nouss, Laval, Les Presses de l'université de Laval, 2002.
- *Œuvre complètes d'Émile Ajar*, Paris, Mercure de France, 1991.
- Peytard (Jean), *Dialogisme et analyse du discours, Mikhail Bakhtine*, Paris, Éditions Bertrand Lacoste, 1995.
- Prstojevic (Alexandre), « Le sens de la forme. La Shoah, le roman et le "partage du sensible" », in *Revue de littérature comparée*, 1/2009 (n° 329), p. 85-100.
- « Quartier Belleville », in *Histoire-immigration.fr*, consulté le 19 octobre 2015.
  http://www.histoire-immigration.fr/la-cite/le-reseau/les-actions-du-reseau/2009-journees-europeennes-du-patrimoine/quartier-de-belleville-paris
- Robbe-Grillet (Alain), *Pour un nouveau roman*, Paris, Éditions de Minuit, Collection « Critique », 1963.
- « Romain Gary – carrière militaire », in *Ordredelaliberation.fr*, consulté le 19 octobre 2015.
  http://www.ordredelaliberation.fr/fr/les-compagnons/375/romain-gary
- « Romain Gary a séduit mon épouse Jean Seberg. Par François Moreuil », in *Paris Match*, consulté le 21 octobre 2014.
  http://www.parismatch.com/People/Cinema/Romain-Gary-a-seduit-mon-epouse-Jean-Seberg-Par-Francois-Moreuil-148199
- Van Cauwelaert (Didier), « Romain Gary, sa vie devant nous », in *L'Obs.fr*, consulté le 21 octobre 2015.
  http://bibliobs.nouvelobs.com/documents/20140507.OBS6372/romain-gary-sa-vie-devant-nous.html
- Zufferey (Joël), L'autofiction : variations génériques et discursives, Ottignies-Louvain-La-Neuve, Academia, coll. « Au cœur des textes », 2012.

SOURCES COMPLÉMENTAIRES

* BONA (Dominique), *Romain Gary*, Gallimard, Paris, 1987.
* CATONNE (Jean-Marie), *Romain Gary, de Wilno à la rue du Bac*, Arles, Actes Sud, 2010.
* DEWEZ (Amélie), La Vie devant soi *de Romain Gary*, Bruxelles, LePetitLittéraire.fr, 2013.
* HANGOUËT (Jean-François), *Romain Gary. À la traversée des frontières*, Paris, Gallimard, coll. « Découvertes », 2007.
* « Romain Gary », in *Cahier de L'Herne*, Paris, Éditions de L'Herne, 2005.
* PAVLOWITCH (Paul), *L'Homme que l'on croyait*, Paris, Fayard, 1981.

ADAPTATIONS

* *La Vie devant soi*, film de Moshe Mizrahi, avec Simonie Signoret, Sami Ben Youb et Michal Bat-Adam, 1977.
* *La Vie devant soi*, pièce de théâtre mise en scène par Didier Long et adaptée par Xavier Jaillard, 2007.
* *La Vie devant soi*, film de Myriam Broyer, avec Myriam Broyer, Julien Soster et Eddie Rahaingo, 2010.

Découvrez
nos autres analyses sur
www.profil-litteraire.fr
Analyse d'œuvre
Si c'est
un homme
de Primo Levi
Profil
Littéraire

Profil
Littéraire

Éditeur responsable : Lemaitre Publishing
Avenue de la Couronne 382 | B-1050 Bruxelles
info@lemaitre-editions.com

ISBN ebook : 978-2-8062-6605-7
ISBN papier : 978-2-8062-7685-8
Dépôt légal : D/2016/12603/77